Kvinnefotograf Underdanig

Erika Sanders
Serie
Dominans og erotisk underkastelse

@Erika Sanders, 2023

Forsidebilde: @ SplitShire , 2023

Første utgave: 2023

Alle rettigheter forbeholdt. Hel eller delvis reproduksjon av verket er forbudt uten uttrykkelig tillatelse fra opphavsrettseieren.

Synopsis

Julia er en profesjonell fotograf som liker å forevige viktige øyeblikk i folks liv gjennom fotografiene sine .

Mens han i studioet hans avslører de siste bildene han hadde tatt av en familie, kommer en ny klient inn i lokalene.

Denne klienten, en veldig godt posisjonert og kjent leder, har et uvanlig oppdrag for Julia: å fotografere voksenscener.

Julia er motvillig til å akseptere dette oppdraget, men lederens tilbud er veldig saftig...

Kvinnefotograf Underdanig er en roman med et sterkt erotisk BDSM-innhold og på sin side en ny roman som tilhører samlingen Erotic Domination, en serie romaner med et høyt romantisk og erotisk BDSM-innhold.

(Alle karakterer er 18 år eller eldre)

Merknad om forfatter:

Erika Sanders er en internasjonalt kjent forfatter, oversatt til mer enn tjue språk, som signerer sine mest erotiske skrifter, langt fra sin vanlige prosa, med pikenavnet sitt.

Indeks

KVINNEFOTOGRAF UNDERDANIG
ERIKA SANDERS

DEL EN
Jobbtilbudet

KAPITTEL 1

Julia satt i det mørke rommet i det lille fotostudioet sitt og utviklet fotografiske bilder.

Fotografering hadde alltid vært hans lidenskap, og han gjorde det til sin karriere.

Den tretti år gamle jenta så nøye på mens bildene ble fullført.

Hun hengte dem ut til tørk og brukte et øyeblikk på å beundre arbeidet deres for en kjærlig familie.

Julia stoppet arbeidet da hun hørte klokken ringe etter at inngangsdøren åpnet seg.

Han gikk til resepsjonen og så en kvinnelig leder i førtiårene, kledd som en som jobbet på et veldig fancy kontor.

"God ettermiddag," sa Julia med et varmt smil. "Velkommen til mitt fotostudio. Jeg heter Julia. Hvordan kan jeg hjelpe deg?"

Den profesjonelle kvinnen smilte tilbake.

"Hei Julia. Jeg heter Catherine."

De håndhilste da Julia sto bak disken.

"Hyggelig å møte deg, Catherine. Er det noe jeg kan gjøre for deg i dag? Leter du etter noe spesielt?"

"Det er jeg faktisk. Jeg elsker arbeidet ditt. Jeg synes du er flink til å ta portretter og fange spesielle øyeblikk."

Julia rødmet.

"Takk. Er du her på en anbefaling?"

"Forskning, faktisk. Jeg synes bildene du har på nettstedet ditt er flotte. Du er en veldig talentfull kvinne."

"Jeg gjør så godt jeg kan".

"Så hvordan fungerer denne prosessen?" spurte Catherine. "Ta kontakt med deg, fortelle deg hva de vil ha, og så tar du bilder av dem? Jeg er ny på dette, så klart."

"Vanligvis er det slik det fungerer. Noen ganger kommer folk til studioet mitt hvis de vil ha portretter tatt, eller noen ganger ansetter de meg for å komme hjem til dem."

"Hva slags bilder pleier du å ta?"

«Det kommer an på», svarte Julia. "Hvis jeg må ut, er det vanligvis til bryllup, seremonier, konfirmasjoner, sånne ting. I studioet mitt tar jeg vanligvis familieportretter."

"Har du noe imot at jeg stiller deg et personlig spørsmål?"

"Framover."

"Tjener du mye penger på dette?"

— Det er et verdig liv.

«Julia, jeg kommer ikke til å kaste bort tiden din,» sa Catherine i en forretningsmessig tone. "Jeg ser etter å ansette en fotograf for en serie fotoseanser. Jeg vil betale gode penger og krever fullstendig skjønn. Alle bilder vil være voksenorienterte."

«Det burde ikke være noe problem», svarte Julia selvsikkert. "Jeg har gjort mye nakenarbeid før. Jeg er komfortabel med den slags."

"Hva slags erfaringer har du med det?"

"På college hadde jeg noen nakenkunstklasser. I fotografistudiet tok jeg sensuelle nakenportretter for kvinner. Det er en ganske vanlig forespørsel. Jeg antar at du vil ha noe sånt."

Catherine smilte.

"Ikke helt. Det jeg gjør innebærer litt mer erotikk."

"Er det pornografisk?" spurte Julia forsiktig.

"Jeg er ikke en person som liker å sette merkelapper på ting. Jeg utforsker grensene for menneskelig seksualitet på en veldig spesiell måte. Jeg har spesielle venner og jeg vil gjerne at du dokumenterer noen av øktene våre med dine unike ferdigheter. en fotograf".

Julia ble litt overrasket.

"Jeg kan ikke. Beklager. Ingen fornærmelse, men jeg kunne nok ikke gjøre mitt beste arbeid i det miljøet."

Catherine strakte seg ned i vesken og la et visittkort på bordet.

"Takk for at du tok deg tid," svarte Catherine høflig. "Som kunstner håpet jeg at du ville være åpen for alle former for kunst som involverer menneskekroppen. Hvis du er nysgjerrig på hva jeg gjør, ring meg. Jeg håper fortsatt vi kan jobbe sammen til slutt. Ha en flott dag."

"Du også. Takk for at du kom. Jeg beklager at jeg ikke kan hjelpe deg."

"Ikke be om unnskyldning. Dette er ikke for alle. På baksiden av kortet mitt har jeg skrevet beløpet jeg ville betale for tjenestene dine. Tenk på det."

Da hun sa dette, snudde Catherine seg og forlot det lille arbeidsrommet.

Det hadde vært det mest uvanlige tilbudet Julia hadde fått siden hun startet sin egen fotobedrift.

Hun hadde aldri blitt oppfordret til noe åpenlyst seksuelt før.

Han tok opp kortet og så på det.

Til hennes overraskelse hadde Catherine en stilling på høyt nivå i en stor investeringsbank i byen.

Julia snudde kortet og så prisen Catherine var villig til å betale, og hun ble overrasket.

KAPITTEL 2

Senere tenkte han på den kvelden.

Nysgjerrigheten var fortsatt i tankene til Julia før sengetid, selv om en del av henne ønsket å holde seg borte fra Catherine.

Hun gikk til søppelet der hun hadde kastet det og tok frem visittkortet til Catherine, som hun hadde rullet til en liten ball.

Han brettet den ut og tok en ny titt.

Deretter gikk han til datamaskinen for en rask gjennomgang.

Etter et kort søk fant Julia Catherines LinkedIn-side.

Catherine var en erfaren forretningskvinne med en høy stilling i en stor investeringsbank.

Mengden erfaring Catherine hadde på et høyt nivå var overraskende for Julia.

Julia fortsatte søket på nettet og fant Catherines Facebook-side, som var åpen for alle.

Hun så gjennom de personlige bildene av forretningskvinnen.

Catherine var vakker, elegant, sofistikert, med en imponerende aura.

Julia lurte på hvorfor en slik kvinne ville være interessert i å ta eksplisitte bilder.

Men alle har tydeligvis sine hemmeligheter, tenkte Julia.

Intrigen var nok til at Julia ombestemte seg.

Tross alt, hvor sølle kan disse bildene være?

De måtte sikkert være smakfulle.

Han åpnet e-posten og skrev en melding til Catherine:

Hei Catherine

Jeg håper du har det gøy. Jeg er Julia fra fotostudioet. Jeg har tenkt mye over tilbudet ditt , og jeg vil kanskje revurdere min holdning i saken hvis du fortsatt er interessert i å jobbe med meg. Men først har jeg noen spørsmål. Er det et passende tidspunkt når vi kan snakke på telefonen? Eller vil du fortsette å kommunisere via e-post? Gi meg beskjed.

Ta vare på deg selv,

Julia"

Han så på klokken og klokken var allerede elleve og tjuefem om natten.

Julia slo av datamaskinen og tok en ny titt på visittkortet.

Han snudde den og så på Catherines håndskrevne lapp: Fem hundre dollar i timen.

bare blitt mer nysgjerrig da hun la seg.

KAPITTEL 3

Neste morgen var en typisk morgen for Julia.

Når det ikke var noen kundeemner eller kunder i det lille studioet hans, brukte han tiden i mørkerommet på å fremkalle flere bilder.

Det var kjedelig arbeid, men hun likte det.

Da hun var ferdig, forlot hun det mørke rommet og så på den bærbare datamaskinen på skrivebordet.

Det kom flere nye e-poster.

Julias øyne flettet over listen over meldinger, hvorav de fleste var arbeidsrelaterte.

Det som umiddelbart fanget oppmerksomheten hans var Catherines e-postsvar.

Hun åpnet den:

Julia

Jeg er glad du revurderte tilbudet mitt. Det er best om vi møtes personlig for å diskutere dette. Kom til kontoret mitt på fredag klokken åtte om morgenen. Jeg gir deg en avtale slik at resepsjonen og sekretæren min slipper deg inn.

Catherine"

Den korte e-posten var mer enn nok til å vekke Julias interesse nok en gang.

Hun strakte seg i vesken for å finne adressen til kontoret i sentrum på Catherines visittkort.

Hun gikk på nettet og så opp veibeskrivelser fra hjemmet sitt, og sørget for å holde timeplanen klar for fredag morgen.

DEL TO
Trelldomsrommet

KAPITTEL 4

Julia sto nervøst i heisen da den gikk opp i den store bygningen.

Hun hadde på seg en button-down skjorte med et forretningsskjørt for å se passende ut i bedriftsmiljøer.

Da heisen endelig nådde gulvet, lette Julia forsiktig etter Catherines kontor i det merkelige området for henne.

Da han fant henne, henvendte han seg til en ung sekretær som lot ham komme inn på kontoret.

Hun svelget stille mens hun gikk inn og skjønte at hun nettopp hadde avbrutt Catherines kontorarbeid, uansett hva det var på den tiden.

"Vennligst sett deg," sa Catherine høflig bak skrivebordet. "Jeg er glad du ombestemte deg om et mulig forhold."

Julia satte seg opp og slappet av.

"Vel, jeg tenkte på det og skjønte at det sannsynligvis er noe med god smak."

"Se på kontoret mitt. Selvfølgelig er alt jeg gjør smakfullt," sa forretningskvinnen spøkefullt.

— Jeg kan definitivt se det.

"Og jeg er sikker på at pengene jeg tilbyr har bidratt til å overbevise deg, er det riktig?"

Julia rødmet.

"Det er en del av det ."

"Bra," sa Catherine enig. "Jeg setter pris på ærligheten din. Det er ingen skam å ønske seg mer penger."

"Penger er alltid bra. Jeg er ikke akkurat rik. Men mer enn noe annet, jeg elsker kunsten å fotografere. Jeg elsker å ta bilder av mennesker som vil vare livet ut. Du virker som en veldig interessant person og forteller historien din med min bilder var en mulighet jeg bare ikke kunne la gå fra meg."

"Jeg visste at jeg valgte den rette kvinnen for jobben," smilte Catherine.

"Vil du gi meg en idé om hva du vil? Jeg forstår behovet for skjønn gitt emnet. Men på dette tidspunktet vil jeg gjerne vite hva jeg går inn på."

"Er du kjent med bondage og BDSM-livsstilen?"

Julia ble overrasket.

"Ja det er jeg."

"Hva kan du fortelle meg om det?"

Julia tenkte seg om et øyeblikk.

"Ikke mye. Jeg vet bare de klisjemessige tingene jeg ser på TV. Du vet, pisker, lenker, skinn. Sånt."

"Det er bare ett lite aspekt av fetisjen," forklarte Catherine. "Ekte BDSM handler om dominans og underkastelse. Det handler om å miste makt og gi deg selv fullstendig til en annen person. På en trygg og samtykkende måte, selvfølgelig. Pisk og lenker er bare verktøy for å oppnå et bestemt mål. "

"Er hun en elskerinne eller noe?" spurte Julia i en engstelig tone.

"Jeg liker ikke merkelapper. Men jeg tror jeg ville passet til den beskrivelsen. Bryr det deg?"

"Ikke i det hele tatt. Umm, jeg synes kvinnelig empowerment er en stor ting."

"Jeg også," sa Catherine enig. "Og du kommer til å se en seriøs kvinnelig empowerment når du kommer inn på det spesielle rommet mitt. De fleste av mine subs er mektige forretningsmenn i deres daglige liv. De gidder å få meg på kne privat."

"Og du?"

"Meg hva?"

"Sender du også?" spurte Julia.

Catherine smilte.

"Selvfølgelig gjør jeg det. Jeg ville ikke gjort dette hvis jeg ikke elsket hvert sekund av det."

"Hvordan fungerer dette? Jeg mener, kommer de på besøk til deg? Hva så? Slår du dem eller noe?"

"Jeg har et spesielt trelldomsrom på loftet mitt," svarte Catherine. "Jeg møter forskjellige underdanige fra næringslivet. Det er noe eksklusivt. Vanligvis i helgene. Bare for en time."

"Hvorfor en time?" spurte Julia.

"Det er den perfekte mengden tid, etter min mening. Hvis det varte for lenge, ville ting begynne å gjøre vondt, på en dårlig måte. Hvis det var for kort, ville det ikke vært nok forspill til å bygge ting opp. En time er den perfekte tiden for å bygge et utrolig klimaks."

— Det høres provoserende ut.

"Vent til du ser det," sa Catherine. "Jeg bærer en gullmaske. Det er som et alter ego jeg har. Når masken er på, blir jeg en annen person. Hvis folk tror jeg er en kjerring på kontoret, vent til du er i slaverommet mitt med meg." med masken på og en pisk i hånden. Jeg blir noe helt annet."

Julia ble tiltrukket av Catherine.

Det var en ny verden av seksuell frihet uhindret av personlige hemninger.

Det frastøt ham på en måte, men samtidig var han helt fascinerende.

Jeg kunne ikke vente med å se den og fange den på kamera.

"Du vil at jeg skal fotografere hele opplevelsen, ikke sant?" spurte Julia for å gjøre det klart.

"Jeg vil at du skal fotografere alt bortsett fra ansiktene. Diskresjon er av største betydning, da mine bukser stort sett er velstående individer. Du vil ikke få vite hvem de er. De vil være maskert til enhver tid."

Det rykket i fingrene til Julia.

"Jeg skal være ærlig. Alt dette virker rart for meg. Jeg har aldri blitt bedt om å være en del av noe lignende før. Jeg har ikke engang sett disse tingene på video, noe som ikke betyr at jeg ikke har gjort det. sett porno. Det hele er veldig nytt for meg."

«Da misunner jeg deg», svarte Catherine.

"Egentlig hvorfor?"

"Fordi du vil utforske dette for første gang, med jomfruøyne."

"Det vil definitivt være tilfelle," svarte Julia.

"Si meg, er du fornøyd med sexlivet ditt?"

"Hva mener du?"

"Er du seksuelt fornøyd?" spurte Catherine rett ut. "Vil du komme som du vil? Vil du ha bedre orgasmer? Vil du at noen skal knulle deg med kropp og sjel?"

Julia ble overrasket over den respektable forretningskvinnens spørsmålslinje.

"Sexlivet mitt kunne vært bedre," innrømmet han. "Jeg er singel. Jeg har ikke datet på lenge. Det er den personlige prisen jeg betaler for å drive min egen bedrift."

"Så du onanerer nok mye."

"Mer eller mindre."

Catherine tok en penn og en notisblokk og begynte å skrive.

Når han var ferdig, ga han lappen til Julia.

"Det er adressen til leiligheten min," sa Catherine. "Neste økt er lørdag klokken ti om natten. Ikke kom for sent. Du vil bli betalt fem hundre dollar for hele timen. Ta bilder av alt du vil, bortsett fra ansikter eller annet som kan brukes til å identifisere noen . bilder vil utelukkende tilhøre meg. Så vennligst ikke legg dem ut noe sted. Min sekretær vil ha en kontrakt og konfidensialitetsskjemaer klare som du kan signere når du forlater kontoret mitt. Det vil være alt for nå."

Julia reiste seg.

"Takk. Jeg ser frem til møtet vårt på lørdag."

Catherine reiste seg også, og de to kvinnene håndhilste for uformelt å avslutte avtalen.

"En ting til, ha på deg en fin kjole når du kommer bort. Jeg vil at du skal se bra ut."

Ansiktet til Julia endret seg.

Akkurat i det øyeblikket hadde han akkurat innsett hva han gikk inn til.

KAPITTEL 5

Etter å ha møtt sekretæren for å signere skjemaene og avtalene, skyndte Julia seg ut av bedriftsbygningen for å få litt frisk luft.

Sinnet hans var en blanding av følelser.

Jeg var nysgjerrig, men jeg var nervøs.

Jeg var fascinert, men motvillig.

Han innså at alt dette var i ledelsen, men det var for sent å snu.

Hun hadde allerede gitt sitt ord, hun hadde signert kontraktene og det var ingen vei tilbake.

Gaten i sentrum var overfylt og hun så de bedriftsansatte gå til destinasjonene sine, mens hun sto helt nervøs.

Julia så en liten utendørs kafeteria og gikk bort for å stille seg i køen.

Han trengte sårt noe sterkt å drikke.

I det øyeblikket Julia kom i kø, hørte hun en stemme som ropte på henne bakfra.

Hun snudde seg og så at Catherines personlige sekretær nærmet seg henne med et smil.

Sekretæren var overraskende ung, i tjueårene, og hun var veldig vakker.

"Har jeg glemt å signere noe?" spurte Julia da sekretæren nærmet seg.

"Nei. Alt dette er allerede gjort. Jeg har pause og jeg ville snakke med deg."

"Å!, hvorfor?"

«Jeg vet hva de har ansatt deg for,» sa han. "Da du signerte dokumentene, så du livredd ut, som om du signerte en kontrakt på livet ditt."

"Kan du klandre meg for at jeg føler det slik?"

Sekretæren smilte.

"Det er en normal følelse. Jeg vet nøyaktig hva du går gjennom."

"Du vet det?" spurte Julia.

"Ja. La oss bare si at jeg gikk gjennom en omfattende intervjuprosess for å få jobben min som Catherines sekretær."

Det tok ikke lang tid for Julia å opprette forbindelsen.

Han innså umiddelbart at den vakre unge sekretæren var seksuelt underdanig overfor Catherine.

Julia gjorde sitt beste for å unngå å bli overrasket.

"Så du og Catherine?" spurte Julia suggestivt og nysgjerrig.

Sekretæren nikket stolt.

"Jeg søkte på jobben vel vitende om at jeg ikke var kvalifisert til å jobbe for en førsteklasses bedriftskvinne. Men jeg trodde jeg ikke hadde noe å tape. Hun intervjuet meg personlig. Jeg kunne fortelle at hun likte utseendet mitt. Og før jeg visste ordet av det. , Jeg signerte mye fra de samme dokumentene du laget. Så slapp hun meg inn i hennes private eventyrverden."

"Hvorfor forteller du meg dette? Jeg vil ikke virke frekk, men det er ikke akkurat den informasjonen som skal deles."

"Høres ut som du kanskje trenger en venn. Jeg vil ikke at du skal være nervøs."

"Takk," svarte Julia. "Men jeg er allerede nervøs. Jeg kan ikke annet enn å føle at jeg har gjort en stor feil. Jeg er ikke sikker på at jeg takler en slik fetisj."

"Jeg tenkte det samme da jeg begynte å engasjere meg med henne. Jeg ble livredd da jeg først så slaverommet hennes. Hendene mine skalv da vi startet prosessen. Men nå kan jeg ikke være foruten det."

"Hva fikk deg til å endre mening?" spurte Julia.

"Glede."

KAPITTEL 6

Lørdag kveld.

Julia dro til leiligheten med kameraet i kofferten, og hun hadde på seg en gul kjole som hun hadde kjøpt spesielt for anledningen.

Klokken var ni om natten.

Han kom en time før avtalen da han tok heisen opp.

Å være punktlig var en del av jobben.

Da hun kom til leiligheten, gikk Julia bort til Catherines leilighet og ringte.

Han trengte ikke vente lenge på at Catherine skulle åpne døren barbeint i en silkekappe.

Catherines hår var godt stylet, det samme var hennes perfekte sminke.

«Du er tidlig ute,» smilte Catherine.

"Jeg liker alltid å være tidlig ute. Er det et problem? Jeg kan alltid komme tilbake litt senere..."

"Nei, nei, det er greit. Kom inn. Jeg er glad du er tidlig ute. Det gir oss en sjanse til å snakke litt mer."

Julia gikk inn i leiligheten og undret seg over alt.

"Vakker sted," sa Julia beundrende. "Dette er fantastisk. Jeg har aldri sett noe lignende i byen."

"Det vil være mange ting i kveld som du ikke har sett før."

"Jeg er sikker på at du har rett. Kan jeg se bondagerommet ditt? Jeg vil gjerne ta noen bilder av det akkurat nå."

"Ikke ennå," svarte Catherine. "Jeg vil at du skal ta bilder når alt starter, ikke før."

"Vi vil."

– Litt redd?

Julia tenkte seg om et øyeblikk.

"Litt. Men jeg skal klare meg. Jeg er definitivt nysgjerrig. Jeg har aldri vært med på noe lignende."

"Du er den typen kvinne som kommer til å nyte dette. Jeg kan føle det."

"Hva får deg til å si det?"

"Jeg har gjort dette lenge," svarte Catherine. "Jeg kan fortelle mye om folks seksuelle vaner bare ved å se på dem. Etter i kveld er jeg sikker på at du vil være ivrig etter å komme tilbake. Du vil bli hekta. Stol på meg."

Julia følte seg plutselig ukomfortabel over Catherines antakelse.

Hun prøvde å forbli profesjonell og seriøs.

"Så hva kan du fortelle meg om kveldens gjest?" spurte Julia og endret emne.

"Han er rik. Han er en venn av meg i mange år. Jeg får vanligvis forretningsråd fra ham, men seksuelt tar han ordrene hans fra meg. Du vil ikke se ansiktet hans og du vil ikke vite identiteten hans."

"Når kommer han?"

"Det er her," smilte Catherine.

"Han er ...?"

Catherine gestikulerte ned gangen.

"Det er i hovedrommet mitt. Vil du ta en titt?"

Begge kvinnene gikk ned korridoren i den luksuriøse leiligheten.

Pulsen til Julia økte som om hun trente kondisjonstrening.

Hjertet hennes slo raskt da Catherine åpnet døren til hovedsoverommet.

"Der er den," sa Catherine.

Julia ble nesten overrasket da hun så en middelaldrende mann sitte på sengen, kun iført undertøyet.

Ansiktet og hodet hans var dekket med en svart skinnmaske.

Det var hull i den slik at han kunne se og snakke.

Han så rett på Julia.

Kroppen hans reflekterte alderen hans og figuren hans var glatt og lubben.

Hendene hans var bundet sammen med et tau.

"Hva tror du?" spurte Catherine med et borderline ondt smil.

"Jeg vet ikke hva jeg skal tenke".

"Vel, er du redd for hva jeg skal gjøre med ham? Tenner dette deg på noen måte? Du må ha noen ideer om det."

"Det er absolutt et veldig provoserende bilde."

Catherine smilte.

"Hvis du synes dette er provoserende, vent til showet starter. Det er imidlertid ikke på tide ennå."

Han lukket soveromsdøren og de sto i gangen.

"I mellomtiden," sa Catherine og så på kroppen til fotografen. "Jeg trodde jeg ba deg ha en fin kjole i kveld."

Julia kikket kort på den billige gule kjolen hennes.

"Beklager. Dette var det beste jeg kunne finne."

"Ikke bra nok. Følg meg."

De to kvinnene satte kursen mot et annet rom i enden av gangen.

Det var et gjesterom, som var like imponerende som hovedrommet.

Rommet var pent og sengen virket nyoppredd.

Catherine åpnet skapet og søkte kort gjennom det store utvalget av dyre klær.

Da hun fant det hun lette etter, kastet hun det på sengen.

Det var en elegant og slank svart kjole.

"Ta på den," sa Catherine. "Jeg vil ikke at du skal bruke noe annet enn det, ikke engang skoene dine."

"Hva med min bh og truser?"

" Ikke heller. Vil det være et problem?"

Julia ristet på hodet.

"Nei."

"Bra. Kle deg på dette rommet. Jeg kommer snart tilbake når jeg får på meg støvlene og blir kvitt denne kappen."

"Vi vil."

"Er du klar for dette?" spurte Catherine.

"Jeg er."

"Du ser ukomfortabel ut. Det er greit å være nervøs. Men hvis du ikke vil fortsette, er det også greit. Jeg kan alltid finne noen andre, og jeg betaler deg til og med for i kveld."

Julia trakk pusten kort.

"Nei. Jeg vil gjøre dette. Jeg tar på meg kjolen og er klar når du er."

"Utmerket," smilte Catherine, før hun snudde seg for å gå.

Julia ble stående alene på det luksuriøse gjesterommet.

Hun så på den svarte kjolen som lå på sengen og lurte på hvor mye den var verdt.

Det virket dyrt.

Hun senket kameraet, tok av seg den gule kjolen og kastet den på sengen.

Han tok av seg skoene.

Til slutt, som Catherine ba om, tok hun av seg BH og truser, og sto naken i rommet.

Hun stirret på det nakne utseendet sitt i speilet, og merket hvor normal hun så ut.

Hun tok opp den svarte kjolen og tok den på seg, og så seg selv i speilet igjen.

Denne gangen så hun veldig annerledes ut.

Hun virket som en kvinne av klasse og eleganse.

"Vakker," sa Catherines stemme fra gangen.

Julia var overrasket over at hun hadde blitt sett, men hun var ikke sikker på hvor lenge.

Øynene hans ble store da han så Catherine i svart korsett og lange svarte støvler.

Catherines utseende stod i sterk kontrast til hennes vanlige profesjonelle antrekk.

"Å, takk," svarte Julia stille. "Du ser vakker ut også."

"Nå er det på tide. Jeg har låst opp spesialrommet mitt. Det er nede i gangen. Vent på meg der med kameraet ditt klart, så tar jeg med vår spesielle gjest. Du står fritt til å ta bildene som du vil. Jeg vant ikke gi deg instruksjoner om hvordan du skal gjøre jobben din. Det er opp til deg.

"Takk skal du ha."

Catherine gikk til siden og signaliserte til Julia at det var på tide å gå til trelldomsrommet alene.

Julia trakk pusten mykt, og med det store kameraet i hånden strøk hun forbi Catherine og satte kursen ned gangen mot det åpne rommet.

KAPITTEL 7

Bondage-rommet var stort og veggene var dekket av svart polstring.

Det var et veldig godt opplyst rom.

Julias øyne feide over de forskjellige seksuelle gjenstandene og gadgetene som ble utstilt.

Det var et bredt utvalg av dildoer, sexleketøy, kjeder og klemmer.

Det var en stol og et bord på rommet, som var de eneste møblene som var tilgjengelige.

Det var en stor klokke på veggen for å sikre at hver økt varte nøyaktig én time.

Det var ikke før hun hørte lyden av Catherines hæler som klikket i gulvet at Julia husket at hun hadde en bestemt jobb å gjøre.

De var på vei, og Julia gjorde klar kameraet sitt for å ta bilder.

Det første Julia så gå inn i rommet var den middelaldrende mannen, hendene hans fortsatt bundet og ansiktet fortsatt dekket for å beskytte identiteten hans.

Julia tok et bilde av ham.

Så kom Catherine inn i rommet.

Hun hadde på seg en skinnende gullmaske som dekket ansiktet hennes, men lot håret falle fritt.

Masken så ut som den ble skapt på 1400-tallet eller så for en kongefamilie, mente Julia.

Julia tok bilder av Catherine som leder mannen inn i rommet og deretter lukket døren.

Julia så nysgjerrig på mens den bundne mannen måtte knele.

Catherine beordret ham til å gå på kne og være stille.

Julia tok flere bilder.

Catherine gikk bort til samlingen hennes med sexleketøy og lette etter det hun ville ha.

Hun slo seg til slutt på en lang, kjøttfarget dildo.

Men hun var ikke ferdig ennå.

Hun festet dildoen til et belte, og la den så på seg over lærkorsettet.

Julia tok flere bilder.

"Er du klar i kveld?" spurte Catherine sin underdanige mann.

"Mmm... Hmmm..." mumlet han tilbake.

«God gutt,» sa Catherine i en nedlatende tone. "Nå vil jeg ha den lille rumpa din bøyd over bordet."

Mannen reiste seg og stilte seg på bordet, magen på og bena fra hverandre.

Mannen demonstrerte at han hadde gjort dette flere ganger før, og at han nøt hvert øyeblikk, uansett hvor stormfull eller nedverdigende opplevelsen virket for en normal person.

Catherine tok en liten treåre og begynte å banke forsiktig på mannens bak.

Først var den myk, som om hun brydde seg om hans velvære.

Med spaden begynte han å slå den hardere, så enda hardere.

Mannen begynte å mumle med munnen ettersom slagene ble mer intense.

Julia syntes nesten synd på ham, men hun gjorde jobben sin og tok bilder for ham.

«Du liker det, lille gris?» sa Catherine til ham og fortsatte med spaden.

"Mmm... Hmm..."

"Jeg har noe annet til deg."

Catherine la fra seg spaden og bandt mannens hender og ankler til forskjellige hjørner av bordet.

Han ble tatt.

All hans tillit ble plassert fullstendig på Catherine.

Hun var på hans vilje og på hans nåde.

Han tok tak i en flaske glidemiddel og smurte en stor mengde på fingertuppen.

Julia tok nærbilder av Catherines smurte finger.

Julia tok deretter nærbilder av fingeren som gikk inn i mannens anus.

Han stønnet mens han ble penetrert av Catherines finger.

Så stakk han inn to fingre.

Så tre.

Julia lurte på om mannen likte det.

Men det var ikke hans sak.

Julias jobb var å ta et bilde av penetrasjonen, og det gjorde hun, kameraet tok alt inn.

Julias mage falt nesten da hun så at Catherine plasserte seg bak mannen, den store penis festet til midjen hennes pekte rett mot mannens utstrakte bak.

Julia var klar til å skrike og trygle på vegne av den hjelpeløse mannen på bordet.

Hun ønsket å stoppe denne galskapen på hans vegne.

Men det gjorde hun ikke.

Det var ikke hans rolle.

Munnen hennes var åpen i vantro, og hun senket kameraet kort så hun kunne se analpenetrasjonen med egne øyne.

Det var et skummelt syn.

Hun løftet kameraet, pekte det direkte mot analpenetrasjonen og tok flere bilder.

KAPITTEL 8

Mandag.

Det var tidlig på morgenen og Julia sto i det mørke rommet sitt og fremkalte alle bildene hun hadde tatt for Catherine.

Det var over to hundre bilder totalt.

De første partiene var klare.

Bildekvaliteten var god, og hun beundret sitt eget arbeid.

Han visste at Catherine ville være fornøyd med måten han fanget slaverommet på.

Han visste at Catherine også ville like hvordan den underdanige mannen ble tatt til fange.

Det var bilder som fanget Catherine i antrekket hennes, og det var nærbilder av gullmasken.

Julia så kort på resten av filmstripene hun hadde tatt.

Han så på opptakene av mannen som sugde på sexobjektet, ble slått, og deretter sodomisert i en lang periode av det store beltet.

Hjerteslaget hennes steg.

Deretter så han på opptakene av mannen som ble rystet av Catherine.

Denne hadde skutt en massiv ladning sæd på gulvet, som han så ble beordret til å rydde opp med tungen.

Julia kjente en brennende følelse mellom bena.

Hun ble opphisset i det mørke rommet hans, akkurat som hun hadde vært i Catherines trelldomsrom.

Hun kneppet opp buksene og gled høyre hånd nedover trusa.

Han så på at filmen ble fremkalt, mannen sugde på dildoen mens han lå på knærne, og tok på seg selv seksuelt.

Han husket alt han følte da han så alt for første gang.

Hun visualiserte at han ble sodomisert, og at Catherine onanerte ham.

Hun rørte ved seg selv og tenkte på mannen som suger på Catherines pupper .

Hun tenkte på alle de verbalt nedverdigende kommentarene han hadde kommet med til henne og den vanskelige situasjonen hun hadde blitt satt i.

Så forestilte Julia seg at hun var i mannens posisjon.

Hun lurte på om hun kunne like å bli laget til å suge på en dildo og sodomisert i en slik nedverdigende stilling.

Da hun fikk orgasme i det mørke rommet, skjønte hun at svaret var ja.

DEL TRE
Gylden maske og svart kjole

41

KAPITTEL 9

To måneder senere hadde Julia på seg en ny kjole da hun dro til Catherines kontor.

De hadde invitert henne til et privat møte.

Så snart han nådde leiligheten uten å nøle, hadde han en kort diskusjon med sekretæren, og ble sluppet inn på Catherines kontor.

De to kvinnene hilste på hverandre med en klem, og begge satt på hver sin plass, med Catherine bak det store skrivebordet sitt og Julia sittende overfor henne.

"Jeg kan ærlig si at du er den beste ansatte jeg noen gang har hatt," uttalte Catherine. "Det betyr noe, gitt antall kvalifiserte personer som har jobbet for meg gjennom årene."

En følelse av stolthet skyllet over Julia.

"Takk. Jeg gjør så godt jeg kan."

"Liker du å ha meg som arbeidsgiver? Jeg har rykte på meg for å være en skikkelig tispe, noe som er velfortjent."

«Jeg synes ikke du er en kjerring i det hele tatt», svarte Julia lekent. "Jeg synes du er en sterk kvinne. Og du er lett den mest spennende arbeidsgiveren jeg noen gang har hatt. Hver uke er fantastisk. Jeg elsker det. Jeg ser alltid frem til møtene våre."

"Vel, dessverre er det ikke lenger behov for tjenestene dine," sa Catherine i en sløv forretningstone. "Du har fullført oppgaven din med å fotografere alle subsene mine. Jeg synes du har gjort en fantastisk jobb. Arbeidet ditt har langt overgått forventningene mine."

Julia ble overrasket.

Han hadde elsket å nyte, se og ta bilder av Catherines hemmelige sexliv.

Å gå til leiligheten hans på lørdagskvelder var ukens spenning.

Og han onanerte privat hver gang han kom hjem.

Han hadde også blitt glad i Catherines selskap på ukentlig basis.

"Å vel, jeg er glad du likte arbeidet mitt," svarte Julia og prøvde å ikke høres knust ut.

"Jeg er ikke den eneste som liker det. Alle mine mannlige subjekter er enige om at du har gjort en enestående jobb med fotograferingen din. Du vil få en heftig bonus for dette. Når du forlater kontoret mitt, vil sekretæren min, gir deg en konvolutt med pengene".

"Det er veldig snilt av deg."

Catherine smilte.

"Det er ikke et problem."

"Er det noen måte vi... kan... fortsette dette?" spurte Julia med all den selvtillit hun kunne mønstre. "Som fotograf tror jeg det er mye mer vi kan utforske som vi ikke har gjort ennå."

Catherine hevet et øyenbryn.

"Virkelig? Så den sjenerte lille fotografen vil fortsette å jobbe for meg. Det er interessant."

"Vel, jeg er interessert i hobbyen din," innrømmet Julia til tross for seg selv. "Det er en fascinerende ting, og jeg synes vi har gjort en god jobb sammen når det gjelder å lage kunst."

Catherine tenkte på det et øyeblikk.

"Jeg har kanskje noe annet til deg. Ingen garantier. Men det kan være utenfor din rekkevidde."

Julias oppmerksomhet ble plutselig vekket.

"Hva er det?"

"Trelldomsfetisjen er mer vanlig i forretningsverdenen enn du kanskje tror. Det er veldig populært blant mektige menn, fordi de elsker å bytte roller. De elsker å avstå kontrollen til forførende kvinner etter å ha vært sjefen for alt." dagen. Er du interessert så langt?"

"Sikker."

"Flott. Jeg tar kontakt med arrangementsarrangørene for å se om du kan bli med."

"Begivenhet?" spurte Julia.

"Ja, det er en liten begivenhet som skjer en gang i blant. Det er en bondage-fest, i utgangspunktet, hvor de rike og mektige virkelig har det gøy, som voksne."

"Det høres ut som noe jeg gjerne vil se."

Catherine smilte.

"Du aner ikke. Det er så skittent og vulgært, alle er maskert. Alt er helt diskret. Dessuten er det en tradisjon."

"Hva skulle jeg gjøre der?"

"Ta bilder. Hva annet skulle det være? Kanskje arrangementsarrangørene vil ha noen fine bilder til suvenirer eller noe."

«Det kan jeg definitivt gjøre», svarte Julia. "For å være ærlig, helt siden jeg begynte å ta bilder av bondage-øktene dine, virker alt annet jeg gjør på jobben ganske kjedelig til sammenligning."

Catherine smilte.

"Jeg visste at du ville like det. Du er en sånn jente. Hvis du unnskylder meg, har jeg en date om noen minutter."

"Å, selvfølgelig. Takk for at du tok deg tid."

Julia reiste seg og rakte ut hånden for et håndtrykk før hun dro.

"En ting til," la Catherine til. "De andre vennene mine spiller ikke alltid lovlig. Så hvis du vil fortsette å jobbe for meg, må du være sikker."

"Jeg er sikker."

Catherine nikket.

"Jeg trodde det. Vi vil holde kontakten. Og vi kommer snart tilbake til deg."

KAPITTEL 10

En uke senere.

Det var tidlig tirsdag morgen.

Julia ble vekket av en rekke banker på døren.

Hun reiste seg ut av sengen, så seg selv kort i speilet og åpnet døren.

Til hennes overraskelse var det Catherines sekretær som holdt en liten pakke.

"God morgen," sa sekretæren med et strålende smil.

"God morgen, kom inn."

Sekretæren gikk inn i den lille leiligheten med pakken, og Julia lukket døren.

"Beklager at jeg plager deg så tidlig," sa sekretæren. "Jeg er opptatt resten av dagen, så dette var den eneste gangen jeg hadde."

"Ikke bekymre deg. Vil du ha en kaffe eller noe å drikke?" spurte Julia.

"Jeg har det bra, tusen takk."

"Så hva bringer deg hit denne morgenen?"

«Catherine har kontaktet arrangørene av arrangementet», svarte sekretæren. "Alle elsker arbeidet ditt og tror bildene dine vil være velkomne."

"Dette er gode nyheter. Jeg vil gjerne være med."

"Det er imidlertid en betingelse."

"Hva er det?" spurte Julia.

"Trelldomsbegivenheten er eksklusiv, og de slipper ingen fremmede inn. Derfor må du ha en igangsetting før du kan ta bilder der."

Nyheten vekket Julia sterkere enn noen kopp kaffe.

"Hva mener du?"

"Det er en initieringsprosess for nye medlemmer. Jeg blir fortalt at det ikke er noen vei utenom det. Du må, hvis du vil fortsette å jobbe for Catherine."

"Vel, hva krever denne innvielsen? Noe ekstremt?"

«Det endrer seg hver gang», svarte sekretæren. "Jeg ble initiert for noen år siden, og det var ganske stille. Men for andre mennesker, wow. Jeg skulle ikke ønske det hadde vært dem."

Julia kjente plutselig tankene snurre rundt.

Han ønsket jobben mer enn noe annet, og han ville ikke skuffe Catherine ved å nekte.

"Si til Catherine at jeg skal gjøre det," sa Julia.

Sekretæren smilte og la pakken på et bord i nærheten.

"Hun visste at du ville være interessert. Dette er for deg."

"Hva er det?"

"Åpne den og du vil se."

Julia løftet lokket på pakken for å se en gyllen maske på en fin svart klut.

Masken var elegant og lik den Catherine har på seg under hver bondage-økt.

"Hva er det til?" spurte Julia mens hun tok masken for å undersøke den.

"Du må ha den på deg til arrangementet. Den er av samme type som Catherine, som vil fortelle folk at du er hennes gjest og underdanig."

Julia fortsatte å se på ham.

"Det er en vakker maske."

"Det er det absolutt. Det er også et antrekk i pakken. Du må ha det på deg. Ikke noe annet enn hælene."

Julia løftet den tynne sorte kluten fra pakken.

Det var helt gjennomsiktig.

"Har jeg ikke lov til å ha på meg noe annet under?" spurte Julia.

"Nei, ingenting. Arrangementet starter klokka sju om kvelden på lørdag. En sjåfør kommer og henter deg klokka seks, så vær forberedt. Du har lov til å ha på deg en frakk for å dekke kroppen når du går til bilen, men ta den av én gang til du ankommer arrangementet. Ikke glem å ta med masken og kameraet."

"Kan jeg stille deg et personlig spørsmål?"

"Jada," svarte sekretæren.

"Tror du jeg kan gå gjennom dette? Jeg mener, etter din mening, tror du jeg vil være i stand til å håndtere det som kommer til å skje på arrangementet?"

Sekretæren smilte.

Det er bare én måte å finne det ut på."

KAPITTEL 11

Lørdag kveld.

Heisdøren åpnet seg og Julia gikk raskt ned gangen i leilighetsbygget hennes.

Hun hadde på seg høye hæler og en stor frakk.

Under hadde hun den gjennomsiktige sorte kjolen og ingenting annet.

Han holdt pakken med gullmasken inni, og en annen boks som inneholdt kameraet hans.

Hun gikk så fort hun kunne for at ingen skulle se henne.

En svart bil ventet på henne, med sjåføren som holdt døren åpen.

Da han satte seg inn i bilen, så han Catherine sitte i baksetet.

Da Julia hadde satt seg, lukket sjåføren døren og satte kursen mot målet.

"Du ser søt ut i det antrekket," sa Catherine. "Det er hyggelig å se deg i noe litt mer sexy enn det du vanligvis har på deg."

"Takk. Du ser bra ut også."

Julias øyne reiste over Catherines kropp, som var mye mer naken.

Catherine var ikke flau over å sitte i bilen kun iført en tynn svart kjole.

Hver kurve på kroppen hennes var fullt synlig, og de store brune brystvortene hennes kunne sees gjennom det tynne materialet.

"Du virker litt nervøs," påpekte Catherine.

"Mer eller mindre. Hele denne prosessen er ganske skremmende for meg. Jeg hørte at det er en innvielse jeg må gjennom."

Catherine smilte.

"Du hørte det rette."

"Kan du i det minste gi meg en idé om hva som kommer til å skje?" spurte Julia sjenert.

"Jeg er redd ikke, kjære. Men ikke bekymre deg. Du er i gode hender."

"Jeg håper det. Gud, dette er litt skummelt."

"Så hvorfor er du her?" spurte Catherine rett ut. "Hva er den egentlige grunnen? Det må være noe mer enn profesjonell nysgjerrighet. Innrøm det, du er en hemmelig tøs."

"Jeg er ikke en hore."

«Da burde jeg kanskje be sjåføren om å snu denne bilen og kjøre den tilbake til leiligheten din.

«Vent,» svarte Julia raskt. "Jeg er her fordi jeg liker det du gjør. Jeg synes det er spennende. Jeg vil fortsette å se på deg."

"Har du fantasier om å bli med? Har du noen gang tenkt på å bli slått, tvunget til å ha en strap-on med deg inne i noen av de tette hullene dine?"

"Ja, det gjør jeg."

Et rampete smil dukket opp i ansiktet til Catherine.

"Selvfølgelig. Jeg visste at du hadde underkastelsespotensiale fra den dagen jeg gikk inn i studioet ditt. Det er vanligvis de stille jentene som lager de største ludder."

"Jeg er ikke en hore."

"Innvielsen bør ta seg av det. Husk at ingen tvinger deg til å være her. Du kan dra når du vil."

Et skjelving av frykt og spenning sendte nedover ryggraden til Julia.

Han lurte på hva Catherine mente, men Catherine snudde bare hodet med et lite smil og så ut av bilvinduet.

DEL FJERDE
Smerte og nytelse

KAPITTEL 12

Sikkerhetsportene ble åpnet og bilen ble sluppet inn på den store eiendommen.

Bilen stoppet foran et herskapshus, og de to kvinnene kom seg ut av den.

"Det er her vi tar på oss maskene," sa Catherine. "Og ta av deg frakken. Det er på tide å vise frem den fine kroppen din."

Julia tok av seg frakken og slengte den inn i bilen.

En lett vind av vind minnet ham om hvor sårbar han var.

Hun kjente mellomrommet mellom bena krible av den kalde luften.

De rosa brystvortene hennes stivnet etter en ny runde med bris.

Julia lukket bena tett i et svakt forsøk på å dekke kvinneligheten hennes.

Begge kvinnene tok på seg gullmaskene sine.

Julia strakte seg inn i bilen og grep kameraet hennes.

De lukket dørene og bilen kjørte bort.

Inngangen til herskapshuset ble voktet av to robuste menn.

De bar også masker og forble stille da de to kvinnene nærmet seg dem

.

«Passord takk,» spurte en av de maskerte sikkerhetsvaktene.

"Håndkle," svarte Catherine.

"Dere kan fortsette damer."

Vakten åpnet døren og de gikk inn i herskapshuset.

Julia undret seg over bygningens ekstravaganse.

Det så ut som det var bygget for en kongefamilie.

Malerier, dekorasjoner og samleobjekter ble vist på veggene.

Inngangen de kom inn gjennom var dekket av en stor rød løper.

De gikk gjennom en stor hall.

"Du må vente en stund på gjesterommet," sa Catherine. "Noen kommer snart og leter etter deg."

Julia trakk pusten dypt.

"Vi vil."

"Det går bra med deg. Ro deg ned."

"Kan du fortelle meg hva som kommer til å skje?" spurte Julia. "Jeg ville vært mindre nervøs hvis jeg visste det."

"Nei. Vent på rommet til noen kommer for å hente deg. Hold masken på og la kameraet være der. Det vil være god tid til å ta bilder senere."

Catherine åpnet døren og gjorde tegn til Julia om å komme inn i rommet.

Gjesterommet var enkelt, med noen tremøbler.

Julia trakk pusten dypt og gikk inn.

KAPITTEL 13

Han mistet oversikten over hvor lenge han ventet.

Hun tok aldri av seg masken.

Etter å ha blitt lei av å sitte og vente, sto Julia foran et speil og så på seg selv.

Masken var nydelig.

Og han klarte ikke å slutte å tenke på hvordan hennes rosa brystvorter og skjeden var synlige gjennom det tynne stoffet i kjolen.

Hun stilte spørsmål ved seg selv og grunnene til å være der.

Før jeg rakk å tenke videre, banket det på døren.

En kvinne kom inn, helt naken, kun iført en gullmaske.

"Følg meg," sa den nakne kvinnen lavt.

Julia fulgte henne ut av rommet og ned gangen.

Det var blitt mørkere.

Mange av lysene var slått av og det var et stort antall lys som brant i alle retninger.

Det var en gruppe maskerte mennesker som sto i gangen.

Noen var nakne, noen hadde dress.

De bar alle masker.

De sto i en sirkel, med Catherine i midten.

Catherine var helt naken bortsett fra masken.

Det var første gang Julia hadde sett Catherines helt nakne kropp.

Julia beundret hennes tonede figur og vellystige kurver med store brune brystvorter.

Julia ble ført til midten av sirkelen, og sto rett foran Catherine.

De andre maskerte gjestene i rommet forble stille.

"Velkommen Julia," sa Catherine. "Komiteen bestemte seg for å ta henne inn i vår private klubb. Det var ikke en lett avgjørelse, men kvaliteten på arbeidet hennes og hennes skjønn er det som tillot henne å komme inn. Det er imidlertid betingelser for denne aksepten, vil du vite hva de er?

"Ja," nikket Julia nervøst.

"Først må du oppleve seksuell underkastelse for gruppen å se. For det andre må jeg ha femten klesklips på kroppen din under prosessen. Til slutt må du få orgasme minst to ganger i løpet av den neste timen. Alle betingelser er obligatoriske. Du kan godta dem eller gå."

Julia trakk pusten dypt.

"Jeg er enig."

"Fortell oss hvorfor du er enig. Hvorfor vil du at slike smertefulle og nedverdigende handlinger skal gjøres mot deg? Du er en veldig søt jente."

Julia tenkte seg om et øyeblikk.

"Å se øktene dine de siste to månedene har åpnet øynene mine for noe nytt. Jeg ønsker å fortsette å være en del av dette."

"Selv om det betyr å måtte gå gjennom denne innvielsen?" spurte Catherine.

"Ja."

"Og hva gjør det deg til?"

"I en hore."

Catherine nikket.

"Ta av deg antrekket. Vis oss den vakre kroppen din."

Det var en frysning nedover ryggraden til Julia.

Til tross for maskene kunne Julia føle at hvert øye i rommet ventet med forventning.

Hun la det gjennomsiktige antrekket ned på føttene, og etterlot seg selv helt naken.

Hun motsto trangen til å krysse bena og lot det glattbarberte skrittet forbli bart.

Hun motsto også trangen til å dekke de små brystene sine og lot de rosa brystvortene stikke ut.

Catherine gikk frem og var bare centimeter fra Julia.

Hun rakte ut hånden og rørte ved det lille brystet til Julia, og strøk hånden hennes forsiktig.

Han sirklet rundt den rosa brystvorten med fingeren, og klemte den hardt.

"Åh..." gispet Julia.

"Går jeg deg vondt?"

"Litt."

"Skal vi slutte da?"

Julia visste at hun ble stilt et subtilt ultimatum.

"Nei. Ikke stopp."

Catherine klemte brystvorten enda hardere, noe som fikk Julia til å gispe igjen.

"Du liker kanskje ikke dette med det første. Men du ..."

En maskert naken kvinne kom bort til dem med en pute med en liten stabel klesklyper på.

Catherine tok en av klippene, åpnet den og plasserte den på brystvorten til Julia.

Sakte lot han klippet klemme brystvorten, litt etter litt.

Catherine løsnet klemmen som klemte hardt ned på brystvorten, og fikk den til å hovne opp.

"Det gjør veldig vondt," sa Julia med stille desperasjon.

"Vil du slutte? Vilkårene er ikke omsettelige."

"Hvor lenge vil klippet være der?"

"Til du får orgasme to ganger i kveld. Jeg kan få fart på sakene hvis du vil. Det ville vært lettere for en nybegynner som deg."

"Vær så snill..."

Catherine fant en annen klesklype, og brukte den nådeløst på Julias andre brystvorte.

"Ahhh..." ropte Julia.

"Det er to klipp så langt. Tretten igjen."

"Hvor skal du sette dem?" spurte Julia, nesten redd.

Catherine bøyde seg frem og hvisket Julias øre.

"Hva med kjønnsleppene dine? Det er det tradisjonelle stedet for en kvinne. Vil du slutte å lide eller bli med i klubben vår?"

Det var point of no return.

Julia bestemte seg på et øyeblikk, selv om brystvortene hennes var såre.

Brystvortene hennes i stedet for rosa ble en mørk rødfarge.

"Jeg nekter å gi opp."

"Så ligg på ryggen. Og spre bena."

Julia la seg på ryggen på det teppebelagte gulvet med bena spredt.

Hennes femininitet ble fullstendig eksponert, og ventet på smerten fra klesklips.

Catherine knelte ned og tok seg god tid til å undersøke fitten foran seg.

Hun studerte det og beundret det.

Catherine tok en klesklype, åpnet den og løftet venstre side av Julias lepper.

"Dette kan gjøre litt vondt," advarte Catherine. "Du er en voksen kvinne. Så oppfør deg som en."

Med disse advarende ordene ga Catherine grusomt ut klippet, noe som fikk henne til å plutselig knytte leppene sammen, noe som fikk Julia til å skrike.

Catherine smilte og strakte seg etter et nytt klipp, denne gangen slapp det forsiktig til leppene hennes.

Trykket fra det andre klippet førte til at leppene endret form.

Catherine fortsatte prosessen til venstre side av Julias lepper var dekket med klesklyper.

"Hvordan føles fitta din?" spurte Catherine.

Julia la hodet på teppet og kjempet mot smerten fra brystvortene og leppene som ble klemt av klesklipsene.

"Det gjør meg veldig vondt".

"Det viser at du er menneskelig. Jeg er stolt av deg for at du har holdt ut så lenge. Innvielsen din er tøffere enn de fleste fordi din økonomiske bakgrunn ikke er den samme som vår, og du har ikke en historie med slaveri."

"Jeg forstår."

"Flink tispe. Den vanskelige delen er nesten over."

Catherine strakte seg etter nok en klesklype, denne gangen la den forsiktig over Julias høyre lepper.

Julia trakk seg ikke lenger og stønnet ikke.

Hun hadde allerede blitt vant til smertene i hennes sensitive seksuelle områder.

Mønsteret fortsatte til alle klippene ble brukt på fitten til Julia.

Skjeden, en gang søt og attraktiv, hadde plutselig blitt deformert.

Labia strakte seg i forskjellige retninger som leire.

Catherine så inn i Julias rosa fitte og så at den var våt.

"Du er klar for din første orgasme," sa Catherine. "Er det ikke slik?"

"Jeg er."

Catherine slo midten av Julias fitte uten forvarsel.

Sjokket fikk Julia til å gråte i en sjelden kombinasjon av smerte og nytelse.

Julias fittespanking fortsatte til Catherines fingertuppene var dekket med vaginale væsker.

"Du er gjennomvåt, kjære," sa Catherine. "Jeg tror du er klar."

Med det satte Catherine to fingre inn i fitten hennes og brukte fingrene på den andre hånden til å leke med Julias klitoris.

Det var en sterk kombinasjon.

Fingrene hans var dyktige til å glede andre kvinner seksuelt.

Med fingrene ble det jobbet på en spesiell og dyktig måte.

Julia stønnet av glede.

Hun brydde seg ikke lenger om gruppen av maskerte mennesker som så på henne.

På det tidspunktet var alt hun kunne tenke på den brennende følelsen i fitta og brystvortene.

Fingrene fortsatte det hektiske arbeidet.

Catherine gikk fortere og fortere med mer intensitet.

Det rykket i kroppen til Julia.

stønnet hun.

Catherine følte at Julia var på randen av sin første orgasme, så hun jobbet enda hardere og grep den varme fitta.

Julia vred seg, stønnet og ryggen krummede seg.

Julia la ut et høyt skrik og fingrene krøllet seg, så slappet kroppen av.

"Det er den første orgasmen så langt," smilte Catherine og så ned på fingrene hennes som var dekket av fittejuice. "Nå er det tid for orgasme nummer to. Men denne kommer til å bli litt vanskeligere. Du kan stoppe når du vil. Klar?"

"Ja."

Catherine knipset med fingrene, og to maskerte nakne kvinner kom bort og surret skinnthongs rundt Julias hender og ankler.

De guidet Julia rundt slik at hun lå på kne.

De strakte ut Julias hender og ankler, og hektet dem på kroker i bakken.

Julia lå med ansiktet ned, fullstendig bundet og hjelpeløs.

"Din siste test er syv tommer på baken din. Ikke bekymre deg pus, jeg skal bruke rikelig med glidemiddel til deg."

Julias øyne ble store.

Bondage-stroppene på håndleddene og anklene hans var stramme, og han hadde ingen steder å gå, med mindre han bestemte seg for å slutte, noe som permanent ville avslutte forholdet hans til Catherine.

Hun nektet å gi opp, selv når hun kjente fingrene til Catherine presset inn i buksen hennes.

Fingrene var dekket av en tykk smøring.

Fingrene undersøkte den lille anusen hennes så langt de ville.

Catherine var ikke veldig hyggelig.

Det var alt for henne.

Så Julia la ganske enkelt det maskerte ansiktet mot gulvet og aksepterte fingerpenetrasjonen inne i rumpa hennes.

"Jeg kommer til å bruke penisstroppen du har sett meg bruke så mange ganger på buksen," sa Catherine og lente seg mot Julias kropp. "Jeg skal gå sakte til å begynne med, men jeg håper du fortsetter med tempoet mitt etterpå."

På den tiden hadde Julia minner om alle de maskerte mennene som hadde blitt knullet analt av Catherines forskjellige forskjellige strap-ons.

Julia hadde sett for seg å være i den underdanige rollen så mange ganger før.

Men hun hadde aldri forestilt seg at det faktisk skulle skje henne.

Spissen av selen presset hardt mot Julias anus.

Catherine brukte hendene for å spre rompa til Julia fra hverandre, slik at sexobjektet kunne komme inn i det lille hullet.

Julia stønnet høyt da gjenstanden kom inn i kroppen hennes.

Den tok seg sakte inn i endetarmen hennes.

Hun knyttet hendene hardt og bet tennene sammen.

Mens objektet fortsatte den langsomme reisen oppover rumpa hennes, gispet hun og stønn ut.

Han fortsatte til Catherines skritt presset mot bunnen hennes.

"Modig jente," sa Catherine i øret til Julia. "De fleste ville ha gitt opp nå. Ikke deg. Du er nesten ferdig. Dette vil føles bra om litt."

Catherine trakk seg sakte tilbake fra Julias endetarm, så ga hun et forsiktig dytt og trakk det dypt inn igjen.

brukte sakte rytmen i henhold til Julias spenning.

Hvert støt fikk Julia til å stønne.

Julia så seg rundt i rommet mens hun ble sodomisert.

De maskerte gjestene var stille og så på showet.

Hun lurte på hva de ville synes om henne.

Han lurte på om de var spente.

Han lurte på om de ville gå i rumpa hans også.

Støtten inn i rumpa til Julia fortsatte.

Smerte ble snart forent med nytelse.

Brystvortene og fitten hennes var fortsatt såre av klesklypene.

Smertene fortsatte å vokse, men gleden vokste også med like stor eller større intensitet.

Anusen hennes gjorde fortsatt vondt av det syv-tommers sexleketøyet, og hun var ikke helt vant til det.

Men det vokste en merkelig nytelse inni henne.

Å bli analt knullet for alle å se var spennende.

Det var oppsiktsvekkende.

Støttene ble raskere og dypere.

Catherine viste mindre barmhjertighet og mindre ømhet, og begynte virkelig å være frekk mot Julia.

Julia ble behandlet som noen av Catherines underdanige, noe som var et kompliment til Julia.

Det betydde at Catherine visste at Julia var sterk og verdig nok til å ta analstraffen.

"Jeg kan kjenne orgasmen din komme nærmere," sa Catherine mens hun presset. "Kom for meg, kjære. Gjør det og bli med i klubben vår."

«Jeg prøver,» gispet Julia.

"Kanskje dette vil hjelpe, kattunge."

Catherine strakk seg under og begynte å leke med Julias klitoris, mens hun sodomiserte henne.

Julias seksualitet ble overfalt fra alle kanter.

Brystvortene hennes verket.

Leppene hans verket.

Anus og endetarm ble nådeløst banket.

Nå ble hennes følsomme klitoris massert.

"Herregud!!!" Julia stønnet.

Den unge kvinnens rygg krummede seg voldsomt, og hendene og føttene hennes knyttet seg sammen av all kraft.

Væskene kom ut av fitta hennes og dekket gulvet.

For andre gang kom han foran alle igjen.

«Gratulerer,» sa Catherine og gned Julias hår. "Du er nå medlem av klubben vår."

Catherine fjernet sakte sexleketøyet fra Julias bunn og reiste seg.

Hun så Julia på bakken.

Julia var seksuelt utslitt for øyeblikket og kom sakte tilbake til seg selv.

De andre maskerte kvinnene kom for å løsne Julia, og fjernet klemmene fra brystvortene og fitten hennes.

Julia reiste seg, og de andre maskerte gjestene i rommet ga sitt nye medlem en runde med applaus.

EPILOG

Seks måneder senere.

Julia hadde på seg en vakker kjole mens hun ventet i heisen.

Hun holdt en stor gul konvolutt.

Når han nådde gulvet, hilste han sekretæren med et kjent smil.

Så gikk han inn på Catherines kontor.

Banter ble utvekslet og Catherine åpnet konvolutten for å se på de nyfremkallede bildene mens de begge satte seg ned.

"Du har overgått deg selv ," påpekte Catherine og så på bildene. "Utsøkt arbeid. Kameravinklene, lyssettingen, timingen. Disse er perfekte. Våre venner i klubben vil elske dem."

"Takk. Jeg håper du liker dem."

"Det er synd at disse bildene må forbli private. Talentet ditt som fotograf burde bli anerkjent av mange flere."

«Anerkjennelsen fra deg er nok,» sa Julia modig.

Catherine smilte.

"For en søt jente."

"Jeg så sjekken min plassert på sekretærens skrivebord. Jeg er sikker på at det er nok en generøs betaling, som jeg er veldig takknemlig for. Men i dag håpet jeg på noe litt mer...ekstra..."

Catherine huket seg ned på kontoret for å fjerne trusene under skjørtet.

"Veldig bra. Du har tretti minutter før mitt neste møte."

"Takk skal du ha."

Julia henvendte seg uformelt til skrivebordet.

Hun prøvde å skjule utålmodigheten, men de visste begge hvordan Julia egentlig hadde det.

Catherine spredte bena og så Julia falle på kne.

Grensen var tretti minutter, så Julia kastet ikke bort tid på å spise fitten til den dominerende elskerinnen sin før hun nådde orgasmepunktet.

.

SLUTT

69

www.ingramcontent.com/pod-product-compliance
Lightning Source LLC
Chambersburg PA
CBHW051819130726
47987CB00003B/1329